Peter Rühmkorf

Wenn – aber dann

Vorletzte Gedichte

Rowohlt

2. Auflage November 1999

Frontispiz Foto Isolde Ohlbaum
Umschlaggestaltung Walter Hellmann
Satz aus der Garamond PostScript PageOne
Gesamtherstellung Clausen & Bosse, Leck
Printed in Germany
ISBN 3 498 05757 X

Inhalt

III Schwache Aussicht auf Sonne

IV Wenn – aber dann

V Schreiber, was siehst du?

VI Capriccios – Bagatellen

I Dichterleben

Dichterleben

Lieber Dichter, sage mir:
was verheißt uns dein Papier?
Wovon raschelt es und knistert?
Gibt es sich
in der schweren Abschiedsstund
uns verbrüdert, uns verschwistert
oder noch was andres Großes kund?
Dichter, sprich!

Etwas Großes? Gutes? Liebe Zeit!
Und dann euch, so insgesamt genommen?
Was bewegt euch und wer seid ihr?
Manche heben morgens wie Loftleidir
aus den Betten ab und sind den ganzen Tag gefeit,
um zur Nacht vor Lust nicht reinzukommen –
Andre freilich, siehe Hugo von
Hofmannsthal,
sehn wir trostlos ihren Schmerz ergießen
in den Tränenfluß von Babylon . . .
Aber, was der Dichter daraus schließen
soll? Seht hin. Lest nach. Und ratet mal.

Ach, der Dichter, ja, was kann er fassen?
Eigentlich nur eine Regung, eine Rührung,
was ihn selbst wie Donnerkeile trifft;
doch sein Stift
quirlt es dann mit Farben der Verführung,
die euch irgendwie in Trance fallen lassen,
zu so einer Art von Nervengift –
Dies das eine, doch in seinen Krisen-
zeiten wird er allgemeinverbindlich abgewiesen,
selbst in Kreisen,
die ihm sonst Ergebenheit erweisen.

Dies nochmal in Prosa, also: praktisch
haut er seine Seele auf den Packtisch
und umwindet sie mit buntem Glanzpapier –
Aber hütet euch (ich sprech von Irren, Liebeskranken, Säufern)
ihnen allen Ernstes nachzueifern,
denn das Ende ist meist kein papiernes:
Wannsee – Missolunghi – Sheerness –
Wandle hin – und überleg es dir!

Drei Arten

Manchmal, wenn du deine Schultern wölbst,
Muskeln spannst,
Klotz um Klotz emporzuwuchten,
glaubst du ehrlich, daß Titanenkräfte fruchten
und du selbst
noch ein bißchen mehr als andre kannst.
Bis – perfekt und zugenäht! –
dir der Trumm auf einmal fremd vor Augen steht.
Leider nun zu spät.

Andre Dinge wieder, wie im Spiel erreicht,
kinderleicht
aus der Feder aufs Papier geflossen,
sehn dich an wie eine kleine g-moll-Sinfonie.
Und es spricht sogar parterre nichts gegen sie,
außer, unter neidischen Genossen,
ihr Genie.

Schließlich diese absoluten Hageltage,
Hanf, Tabletten, Schnaps unabgeschlafen,
und der Stift rutscht nur noch aus,
steuerlos und ungeneigt
und erzeugt
diese krummgeschißnen Irrenautographen –
Aber, wie ich so herummanövre,
plötzlich – heh! – Applaus! –
öffnet sich ein völlig neues Œuvre.

Aus meinem Alphabetchen

Für Armin Sandig

Aus meinem Alphabetchen
verfügt sich ein Planet:
Strichmännchen und Strichmädchen,
wie's mir zu Augen geht.

Nur leider, daß die Damen,
die Bäume und der Wind
auch mit den schönsten Namen
nicht nachzuahmen sind.

Die Weiden, kühn verschroben,
das Haar halb in der Drift,
kopfüber im Wasser kieloben,
ein Stück für Spiegelschrift.

Die Maler, ja, die Maler
sind uns da weit voraus
und ziehn den Schein realer
als Doppelbildnis aus.

Ein Dichter kann nur meinen,
auch hoffen, daß es klingt –
Und anderen Alleinen
als Reim zu Ohren dringt.

Formal nicht zu fassen

Kunst als Experiment?
Innerhalb des Gedichts?
Aber immer zu Diensten Mijnheer.
Theoretisch trennt uns da nämlich nichts,
nur, wer die Praxis kennt,
unheimlich schwer.

Beispielsweise noch einmal gebunden / gereimt,
aber während du schreibst,
klingeln schon güldene Kettlein –
Selbst wenn du's noch so abgefeimt
auf die Spitze treibst,
ist irgendwann Deadline.

Also raus aus den Fesseln und unverklemmt
das Ruder rumgeworfen:
frei von der Seele gequasselt –
Bis du auf einmal mitkriegst, da stehst du im Hemd,
anders gesagt, im Amorphen,
wenn das Kettenwams runterrasselt.

Oh, Fragen auf Fragen getürmt,
und insofern nichts was uns trennt,
doch formal überhaupt nicht zu fassen.
Kunst als Experiment?
Freund, wenn das Leben als solches
dich direkt bestürmt, berennt,
kann das Wort sich nur mitreißen lassen.

Dieses ist der letzte Schliff

Dieses ist der letzte Schliff,
jenes ist der Inbegriff,
doch was ich am liebsten sehe:
Dinge in Erscheinungsnähe.

Kuckt nicht so, ich mein, betroffen.
Eure Wunden liegen offen,
euer Neid sei euch vergönnt –
Fragt sich, was ihr sonst noch könnt.

Könnt ihr, ohne nachzuäffen,
auf den Punkt den Lichtblick treffen,
der, wo alles fließt und treibt,
als Verheißung haften bleibt?!

Könnt ihr, im Vorüberhuschen,
dies ertäuschen, das vertuschen,
aber so daß was verweht,
schön zu Augen,
weh zu Herzen,
haarscharf an die Nerven geht?

Oder wollt ihr weiter so Tabus,
Rahmen sprengen, Grenzen überschreiten,
Regeln brechen wie zu Olims Zeiten?
Na, wer's gar nicht lassen kann, der tu's.

Aber hört, ihr Honorar-Verfemten,
zwischen allen Tischen *draußen vor der Tür*:
die besonders Unverschämten
zweifellos dem Zeitgeist Anbequemten,
das seid Ihr!

Die mit Strömungs-Blasebälgen
Gas! Und ab! und weiter auf den Felgen,
daß der Abrieb in die Runde stäubt –
Treibt's bis auf die Nabe, meinetwegen,
aber wißt! ihr kommt nicht ungelegen,
wo Geschichte sich als Quick-Pic-Abriß schreibt.

Ich? – Nein, gar nichts – Fast nicht mehr zu fassen.
Laßt mich das nur mal so sagen lassen:
Manchmal red ich nämlich richtig wahr.
Manchmal wie ein Dorfvikar.
Manchmal sprech ich auch in Reben,
ja, mein Freund,
so ist das eben.

Abendstück con Musica nebst Schnauzeda

Das ist die Kunst, die mich kann:
Im Industrieverbund
flotzige Künstlerallüren –
Ich gehe anders ran,
werde von Stund
an meinen Bunt-
stift im Kreis herumführen.

Eine von mir aus meinem Mansardenluk
neidlos betrachtete Welt.
Kunst kommt nie wie bestellt.
Aber bildet Bezug,
wenn nur das Abendlicht schief genug
in ein einiges Augenpaar fällt.

Abend zieht sich die unaufhörliche Küste entlang,
still, rot, gelb, grau, mild, stumm.
Ein Blutbuchenpärchen am Hang.
Viel leises Zeugs drumherum.
Spinneweben, Gezweig.
Fadendünner – woher? –
Lautenklang . . .
Halt mal den Atem an:
Guillaume Dufay oder wer?
Schnauzeda! Schweig –

Altern als Problem für Künstler

So alte Dichter, Gotterbarm,
auch alternde Composer,
die einen werden täglich harm-,
die andern umstandsloser.

Die einen seh ich inhaltsleer
sich selbst den Rücken kehren.
In denen mag man nicht mal mehr
die grauen Haare ehren.

Fast bis zur Nichtvorhandenheit
im Strich zurückgenommen,
seh ich die andern mit der Zeit
erkaltend erst im Kommen.

Die goldne Stutzuhr unter Glas
zählt ehern gleiche Stunden.
Doch scheinen Wahn und Vanitas
zweierleiweis verbunden.

Ich selbst geb mich so elitär
wie ich halt reduziert bin
und tanz auf keiner Hochzeit mehr,
wo ich nicht amüsiert bin.

Trage mein Irrlicht durch die Welt
in einer Stallaterne
und sag, je älter, um so selt-
samer erglühn die Sterne.

Kringel für Ringel

Samstag-Sonntag auf Tour,
ich und mein Glas
suchen eigentlich nur
einen An-, einen Sündenerlaß,
anders gesagt, einen Grund.
Daß man ihn sich ertrinken muß,
ist, wie ich glaub, schon ein älterer Schluß
aus Volkes Mund.

Volkes Mund oder wes?
Bellman, Firdusi, Bakchylides,
nimm, wen du willst –
Nimm sie zusammen als Zeichen,
daß du nicht nur allein aus dir selber quillst,
von allen Seiten / Zeiten her sprudelt es
dir zu aus andrer Leuts Schläuchen.

Wo in diesem fluidalen Berufe
ohnehin jeder jeden und jede beerbt
(also alles soweit im Fluß)
wünsche ich mir für die Tage nach Ladenschluß,
nein, keinen Ordensstern, keine Ehrenschleppe,
aber daß ihr vielleicht in die unterste Stufe
der Ringelnatztreppe
meinen Namen einkerbt.

So ihm zu Füßen zu liegen.
Ein Jahrzehnt oder zweie, solange der Wackerstein hält.
Bis er, von ungezählten Damen- / Herrenstiefeln bestiegen,
mehrere Male im Jahr von Flut überwellt,
lautlos zerfällt . . .
Aber bis dahin lachen wir beide verschwiegen
unwiderleglich über die ganze Wichtigkeitswelt.

Die Weltmaßstäbe:
Kassel – Knokke – und Cannes –
Siehst du mein Glas in der Schwebe?
Hoch sollst du leben,
solang ich selbst eben noch lebe,
großer kleiner,
bis in den letzten Nervenstrich spinnwebfeiner
unübersetzbarer Mann!

Auf Anfrage: Strömungslehre II

Der Welt per AIR MAIL / EILPOST auszurichten:
Die meisten Dichter
können gar nicht dichten.

Dito die meisten Maler gar nicht malen,
Gott, wer dran glauben will,
der soll's bezahlen.

Ich geb es auch nur deshalb zu verstehen,
daß später keiner sagt,
ich hätt es nicht gesehen.

Mich nicht getraut, was mir nicht schmeckt, auch zu verwerfen.
Weil, was mich ankotzt,
geht demnächst dem Erdball auf die Nerven.

Im Gegensatz zu einigen nur angetuschten Sachen:
Da leg den Finger drauf
da sag, hier ist gut lachen.

Hier hat mal wieder einer den Beelzebub bezwungen.
Ist das nicht niedlich?
Ist das nicht gelungen?!

Und zwar ganz ohne die Kritik mit ihrem ewigen Einerlei:
als ob was wäre, wie sie dächte,
daß es sei.

Naß in Naß, schnelle Sache

Schlenkrige Lebensspur,
frisch auf den Putz getuscht,
wo man durch Arbeit nur
alles verpfuscht.

Die verfänglichsten Dinge
grad halten nicht still,
so ein Hagelgespringe
plötzlich Mitte April.

Was wie Pappelflaum leicht ist,
im Moment, wenn's entschwebt.
Solang Lippensaum feucht ist,
kurz von Lachen belebt.

Sich in Liebe gehören,
doch wielang und bis wann?
Soll wer andres beschwören,
weil ich tupfe nur an.

Gesegneter Abgang

Ja, ich bin mit Lorbeer verwöhnt und mit Stipendien gestillt worden.
Ja, sie haben mir Doktorhüte aufs Haupt gesetzt
und meine Pforten mit Rosen umwunden.
Ja, die Welt ist gut zu mir gewesen und ich habe mich
ihrer Ehrenjungfrauen aufs lästerlichste erfreut.
Morgen trete ich ordensgebeugt
und bewegungsunfähig wie ein sowjetischer Marschall
vor meine Truppen
und verfüge ihre
ordnungsgemäße Auflösung.

II Liebe Dich, Liebe

Liebe Dich, Liebe

Ich liebe Dich, Liebe, ich liebe,
und stündest Du jetzt in der Tür,
ich schwöre Dir, ich verschriebe
dem Satan die Seele dafür.

So richtig real zum Dranglauben,
mit aufgelassenem Haar,
tief hangende Goldregentrauben
wie ein Glanz vom vergangenen Jahr.

Ja, so weh geht die Jugend zu Herzen,
so leicht zeigt der Geist sich beirrt –
Nur schade, daß das Verschmerzen
fast täglich beschwerlicher wird.

Eilposten hasten geschwindest
über See – über Land –
Wohl meinend, sie rührten zumindest
einen eisernen Briefkastenrand.

Tief innen versiegelte Lieder
(Ach, zieh sie dir ein und sei gut!)
Fort-fort, und schon ist mir wieder
zum Buchstabenkotzen zumut.

Denn der Rhythmus ist immer derselbe,
und die Reime hat jedermann satt.
Doch da sitz ich nun mal an der Elbe
und warte wie wild auf das gelbe
Briefträgerrad . . .

Wollte nur mal fragen . . .

Wollte nur mal fragen, wie's so ist.
Wollte nur mal sehn, ob meine Sterne
noch am Leuchten sind
und man mich in der Ferne
etwa gar vermißt . . .

Wollte eigentlich,
wollte, weil mein Sinn für das Postume
wie bekannt in engen Grenzen bleibt
und der Geist auf seiner schmalen Krume
ungenetzt nur parfümierte Blumen treibt,
also, wollte fragen, ob man sich . . .

Ob man, wenn es deine Zeit erlaubt,
und du kannst dich auch real entreißen,
weil: du bist genau so spitz wie ich,
meine, ob du dich
in ein Auto, einen Zug, ein Flugzeug schmeißen
würdest und du kämest schneller als man glaubt
hier ganz einfach angestaubt:
ein speziell für mich
in Gang gesetztes Ding-an-sich . . .

Laisser-faire, aber dann auch draufzu

Ein sündiges und geschwindes Leben geführt,
nichts dran zu ändern.
Wenn mir jemand verfiel,
hab ich praktisch nie widerstehen können,
so einfach war das.

Anders gesagt, ich bin von den Tatsachen verschlungen worden:
Bindfadenblonden, mennigroten,
lakritzschwarz, grüngebüschelt, herbstblattbraun,
in Ausnahmefällen auch Dachpappgrau
noch eine ernstzunehmende Kategorie.
D. h., schon früh mir abgewöhnt zu fragen,
wozu das gut ist
und wie lange sowas hält.

Richtig frech wird man allerdings erst,
wenn man substantiell nicht mehr viel zu verlieren hat.
Beim Abschiednehmen nochmal absolut unqualifiziert
in die Frau reinquatschen
(alles weitere empfindet sie völlig zurecht
als bloßes Blabla):
Umdrehen!
Hose runter!
Brille ab!
Arsch raus!
Rein –

Ach, wär ein Ich

Capriccio über den Trennungsstrich in Liebe und Lyrik

Ach, wär ein Ich
und nicht nur dieses Äch-
zen von gestanz-
tem und verspanntem Blech,
nicht nur das Quiet-
schen ausgefranster Bowdenzüge,
lieber ein Lied-
chen, das mich außer Landes trüge,
am liebsten Liebe, die
– wie kurz sie sei –
statt hier bei Brunch mit Lie-
und Bi-Bedienerei,
Mundwinkelküssen,
achtlos appliziert,
auf Stehimbissen, wie?
von wem? ich weiß nicht, eingeführt –
Ach, wär ein Ich,
und Ihr, Madame, mit mir zusammen im Gesträuch:
ich e i n m a l rich-
tig in und Ihr gesammelt außer Euch.

Nur aus Sport . . .

Halb von Leuten überrannt
und halb alleine,
Licht und Schatten durch den Panama gesiebt,
eine, die man kriegen kann und eine,
die sich nicht ergibt.

Mal ergeben hatte, nur daß solche Rollen
nicht wie Film
zurück-
zuspulen sind –
Ach, man hätte niemals aus dem Blick,
deinen eigenen Gedanken überlassen sollen,
dich, mein Kind.

Leider, es ist so, das Jahr verblüht sich,
nur der Efeu dreht sein Ding in Ruh,
doch du merkst, bei jeder Windung zieht sich
eine andre Schlinge
enger zu –
Ließe, jadoch, sich die Brust wie früher dehnen!
Wär der Geist nicht bloß beim Schlafengehen wach!
Weinte man gehabten Tränen
wenigstens noch taufrisch neue nach.

Und man stünde nicht derart mildessa-milden
Blickes übern Gartenzaun gebeugt,
weil man auch mal solch ein Liebespaar
wieder bilden
möchte wie es die Natur in diesem Jahr
pausenlos erzeugt –
Und vor allem – nein, Mann, keine Märtyrergeschichte
wiederholen bis zur Nimmerwiederkehr –
Und so sitz ich, sinne, denke, dichte
dir nur noch aus Sport ein bißchen hinterher . . .

Fast pastörlich

Blicke, fast wie auf dem Strich,
flitzende Magnetchen,
alte Männer merken sich
junge Mädchen
Jahr um Jahr ein Stück verstärkt,
leider bleiben selber unbemerkt.

Neigen Häupter, ziehen Hüte,
sehen mit verschärften Nerven
ungeheure Diven sich
in der Eile ihrer Blüte
Tagedieben in die Arme werfen –
Leider, diese Welt spricht nicht für dich.

Und dann wieder diese Abendstunden,
unausweichlich, unaufhörlich,
wo du wie gepierced,
eisern vors Kanonenrohr gebunden
virtuellen Blüten in die Kelche stierst . . .
Und erschauerst ehrlich fast pastörlich

Verpaßte Gelegenheit

Ja, man hätte hinfahren sollen und zwar
vollkommen wertneutral
und ohne jede Aussicht auf Liebe,
allenfalls positiv ne Tüte Sensemilla-Gold
im Handgepäck,
nur eben dies nicht,
wie ein steckengebliebener Altenteiler
von seinem Ohrensessel aus
der Welt den Bücherrücken zugekehrt.

Dabei ist es nachgewiesenermaßen immer wieder dasselbe.
Während andere schon mal probeweise
Rouge auflegen
und von einem Tangaslip
in den anderen steigen,
hältst du es für dein Teil, paar allerletzte
Lebensweisheiten auszukristallisieren –
Für wen? Für was?
Himmelja, auch wieder nur sone Handvoll
nicht ganz stubenreiner Puritaner,
die obskuren Gottesdiensten nachgehn,
aber doch deine Kirche nicht vollmachen.

Die Welt als Wille und Zwangsvorstellung.
Einerseits sagst du dir natürlich völlig korrekt,
wo man nicht reingeht,
kann man nicht rausfliegen.
Wie sie dir, damals weißt du noch im Funky-Pussy,
einfach nur deiner Herrenausstatter-BRAUN-Jacke wegen
batsch! die Klappe vorm Gesicht zuschlugen –
Aber wenn da eine schon reizt und reizt und reizt,
daß sich jeder normale Dezisionist
sofort ins Taxi schmeißen

und wie ein Ejakulat ins Haus geschossen kommen würde,
warum nicht du
mit deinen übernatürlichen Gaben und deinem ausgesprochnen
Sinn fürs Angewandte:
Was zögerst du, bzw. hast bereits zu lang gezögert,
und wenn du schließlich doch
die Teletaste drückst,
besetzt – besetzt – besetzt
und nach ner halben Stunde Bücherblätterei
alles tot.

Nacht, und wie sich langsam Stille
über einer alleingelassenen Person ausbreitet.
Paar erkaltete Klassiker um dich herum,
und wenn es wieder licht wird, nicht mal das Gefühl:
«Ein gutes Buch zu einem guten Ende gelesen».

Minnesangs Abschiedslied

Wilhelm von Aquitanien zum 826. neidisch nachgesungen

Es war ein Ritter, hochgelehrt,
der schwärmte statt von Schild und Schwert
für Block und Stift.
Wohl meinend, daß ihn, so bewehrt,
kein Schade trifft.

Ein jeder Kreuzzug kam ihm recht,
er blieb zuhaus, ein Damenknecht:
«I am your knight!» –
Ich sang von Liebe und Begehr
bis an den Punkt, wo gar nichts mehr
so richtig feit.

Ich knüpfte gegen die Begier
aus wohlgefügten Versen mir
ein Kettenwams –
Bis plötzlich eine schmale Hand
die Ritze in der Brünne fand,
oh, Gott verdamm's!

Sie hat mir unterm Unterhemd
den grauen Biber durchgekämmt,
das war i h r Stich.
War gegen jedes Wort gewitzt,
doch, was ein Fingernagel ritzt,
entzündet sich.

Entzündet sich, entbrennt, entflammt,
verhilf mir Gott, ich sing im Amt,
vom Eid beengt:
daß was hier an der Strippe zurrt
nicht noch den letzten Keuschheitsgurt
zersprengt.

Es kam wie's kam, es kommt wie's geht,
bald war ich nicht nur als Poet
aus-, ex- und leergebrannt.
Nichts floß wie einst, auf kein Geheisch:
«Lieg da nicht rum wie ein Stück Fleisch
vom Land!»

Sie war ein Viel-, ein Allesfraß,
die was vergangen war vergaß:
wohl sieben Jahr!
Als ich gesungen hatte dies
und sie empfunden hatte das,
wie schön das war.

Oh dunkles Ach, oh grauses Oh!
Und wär schon froh, wenn sich soso,
ganz einfach pianissimo
mein Lied verlör –
Doch kam so jäh wie unbedarft
ein Kirmesfiedler angeharft,
der fand Gehör.

Sie küßten sich, sie herzten sich,
egal, wie er die gîgen strich,
– o schrî kunst schrî! –
Ich zwang mir Werg ins wehe Ohr
Es blieb ein Sonochniezuvor
für sie!

Vorbei, vorbei, zu spät, zu spät,
eh sich das Glücksrad weiter dreht,
bin ich perdü.
Das Auge gilbt, es graut das Gras,
im Lieben ist viel Unverlaß
zur Frühjahrsfrüh.

Doch der dies Lied gesungen hat,
trägt an der lieben frouwen statt
noch immer in der Unterwat
ein zartes Tuch –
Zuviel für solch ein Stücklein Stoff
was mir aus Nas und Augen troff,
das einzige, worauf ich hoff:
es füllt ein Buch!

Sodomitische Ansichtskarte

Wenn sie wüßte, wie sie wirkt,
unseres Nachbars gewaltige Tochter,
eben hing doch noch grad an der Mutterbrust
und nun
hat selbst schon Titten –
Guter Rat an eine junge Übergröße:
Wenn du zufällig mit dem Falschen glücklich wirst,
ist doch nicht schlimm.

Die Bathsebas unserer Jugend,
richtige Omas schon mit Dutt und Beffchen
(Gespräche über Aids ersetzen die Laszivitäten von gestern)
Wie sie neulich erzählten,
soll jede Frau über sechzig
sogar zweimal im Leben vergewaltigt worden sein –
Komm, geh,
das ist auch nur so hochgerechnetes Zeugs,
womit in der Liebe niemand was anfangen kann.

Weil ich meinerseits lieber in Bildern spreche,
und da fahren wir zwei nochmal hin:
Wien – Kunsthistorisches Museum –
Albrecht Altdorfer:
Lot und seine Töchter
(mit der Farbe des Weins
von der Farbe des untergehenden Sodom genommen)
Und sie sagen, komm, laß uns unserem alten Vater
zu trinken geben und bei ihm liegen,
daß wir Samen von unserem Vater empfangen,
und du sagst:
(na, was wirst du in einem Gedicht von mir schon sagen?)
Was so süß aussieht
und sogar noch in öffentlichen Galerien rumhängt,
das kann doch nicht völlig vergiftet sein.

In Erwartung Bathsebas

Hab meine Hosen gebügelt, Stiefel gebürstet,
alle Goethe-etcetera-Jubiläumstermine
abgeblasen, Komteß.
Komm, kleine Château-Mouton-Dekantiermaschine,
mich dürstet,
aber express!

Schon was wie Schritte im Haus?
Gipfelwärts stipfelnde Zehen?
Klinke schon runtergedrückt?
Nichts so ergreifend, wie junge Mädchen sich aus-
ziehen zu sehen,
von sich selber entzückt.

O Fortuna, mein liebes Geschwister,
wankelbusiges, gib dich gewogen, geneigt,
daß die Herbeigebetete,
daß sie sich zeigt:
tropfenbeglänzt wie ein Flüssiglüster
über den Wannenrand weg in mein Dachzimmer steigt.

Pappelflaumleichtes Geflüster . . .
Schweigt, Vögel, schweigt!

Unter Stoff ins Off

Hamburg-Triptyk, windschief

I.

Schon einigen Stoffes Inne.
Noch ein Schubs und es setzt die Essenz
die hintersinnigsten Sinne
in allerhöchse Präsenz.

Noch ein Ruck und den Hut auf die Haare,
eine Primel schräg an den Hut,
es sind auch die späteren Jahre
manchmal für ein paar Stunden gut.

Von St. Pauli nach St. Georgen
sind gute acht Seemeilen, zehn.
Viel Zeit, dem erblinzelnden Morgen
ins taublaue Auge zu sehn.

Wie die Firste mit rosigen Rändern,
Bankfluchten hochkristallin,
wie an goldenen Gummibändern
die Wolken dich ostwärts ziehn.

Zwar du läufst auf dem äußersten Tropfen,
was man leicht beim Sinnieren vergißt.
Aber was, wenn das Herz zum Klopfen
so unhaltbar entschlossen ist?!

Wenn die Lippe sich unverschämt brüstet:
noch nie so lustig gelacht!
Vetter Michel, hoch eingerüstet
und mit Kunst zum Ergrünen gebracht!

Ja, mit Kunst und Couleurs und mit frischen
Altertumskrakeln darin –
Teils der Wahrheit eins auszuwischen,
teils dem Uhrzeiger gegen den Sinn.

Wie die Welt sich gefällt als Verkleidung.
Noch ein Sprung, im Gedicht grad ein Satz,
bis auf einmal – der Ort der Entscheidung:
Sankt Georg – Hansaplatz!

II.

Um 8 Uhr morgens auf die Szene torkeln
– zu früh ist auch zu spät –
Wo Böcke nachts um ihre Bräute forkeln,
die Lichtung leergemäht.

So eine Ahnung von der Samstag ist gecancelled,
das High schon weit entrückt –
Schau, wie die Dohle um die Walstatt tänzelt
und nach Kanülen pickt.

Kein Schoß, der sich paar müde Mark erschliefe,
kein Ohr für deinen Mund –
So ist es, auch das Niedere hat seine Tiefe
und jede Gosse ihren eignen Grund.

Wo Schluß ist, ist nicht mal ein Kuß zu kaufen,
von Herzen ganz zu schweigen, die du rührst.
Du merkst zu spät, das Leben ist gelaufen,
auch, wenn du's noch so führst.

Und weißt genau, daß die vermummte Lagerstatt
rein virtuell 10 000 Blüten trüge,
triefend vor Gier und Liebe zur Genüge,
nur daß auch Sehnsucht ihre Taxe hat.

Im Augenblick die Dauer zu beschwören.
Als Eid zu nehmen, was der Schrei verspricht.
Du willst berühren, sie dir angehören,
nur so von Sinnen ist der Wahnsinn wieder nicht.

Ich kreuze auf und sage, ich bin endlich.
Sogar sehr endlich, weil ein leicht erschöpfter Mann.
Und trotzdem scheint mein Mund,
mir selber unverständlich
oft Dinge zu versprechen, die er dann nicht halten kann.

III.

Noch einmal den Dämon bezwungen,
den Geist in die Flasche gebannt.
So aus sind die Lieder gesungen,
so ab sind die Kerzen gebrannt.

Ars longa – vita brevis,
fragt sich nur auf versausender Welt,
ob sie länger als eine Levis
oder kurz wie ein Tangaslip hält.

Im Museum für Kunst und Gewerbe
kaum anders als eben beim ZOB:
dort tags – hier historisches Erbe
und am Ende das gleiche Alsob.

O dunkle Urmenschenurne,
aus welchen Tiefen erträumt?
Zwei Augen – zwei Saturne
wie die meinen mit Ringen umsäumt.

O ihr hingetuschten Pascinschen
(Lulu, Froufrou und Marie)
hochphosphoreszierenden Menschen,
im Vorüberwehn nah wie noch nie.

Heißt von allerbedenklichster Frische,
weil blühend grad mal im Moment –
Ach, die Blusen, die Bäume, die Büsche,
kuckt rein, solange ihr könnt!

Ars artis amatoriae

Ach, Abschied, oder was ist,
und wohin verzieht sich der Bogen
des gerade begonnenen Jahrs?
Eben noch diesen süßen Sauerstoff durch die Nüstern gezogen
und – fahrengelassen – das war's.

Keinen Mut, keinen Mumm, kein Herz, die verminte
Strecke zu Ende zu gehn.
Aber es war schon schön, eine frischbegrünte
Hasel gegen das altgediente
Grün des Efeus zu sehn.

Der beherrschte Herr des Gescherrs.
Takt schlagend in bleierner Leere.
Woher? Wohin? Worauf zu?
Nur immer dem Namen nach, sagt der Vers,
und noch einmal mit Schwung in die Kehre.

Und noch einmal ins schwankende Joch
forttönend nachhallender Lieder,
wie die Zeile steigt – wie sie fällt:
Damals, «Du hast mir Sommer», das waren wir doch?
Morgen komm wieder,
lies mir was Großes vor, Schönes.
Aus der besseren Welt.

Die Kunst des Bogenschießens

Ich hatte nichts mit diesem Blick verbunden,
schoß meinen Pfeil auf meine Art
nach irgendwärts –
Doch unversehens traf mein Dart ein Herz,
da steckt er nun und macht mir wehe Stunden.

Im kleinen Kreis, ich weiß, zählt man mich zu den Schwankern.
Ich bin ein Lichtblick,
der vorüberschweift –
Ich wollte mich, begreift,
auf keinen Fall verankern
und spüre jetzt schon, wie die Kette schleift.

Es ist bekannt, was sie am Anfang schwören:
Nur einen Tag, nur eine Nacht,
noch ein paar Seufzer in der Frühstücksfrüh –
Die Sache ist seit Anfang ausgemacht,
du willst begreifen, sie dir angehören,
und plötzlich stehst du da,
enfant perdu.

Ich leck mir noch das Maul nach deinen Küssen:
Du tust mir leid – du machst mir weh –
Um wie viel lieber würde ich entschweben,
doch hab ich mich an einer Rose festgerissen;
vielleicht, es wird mal andre Tage geben,
irgendwo hinterm Berge,
über See.

Nur einen Augenblick Triumph!
du hast getroffen!
Den *punctum saliens*,
und es traf ein Es –
Schlag nach bei Schiller, Aristoteles:
Was tun? spricht Zeus. Die Götter war'n besoffen,
doch auch der Volksmund hat was Bleibendes.

Mondphasen, versetzt

Dem Meer entperlt
das schaumgeborne Wunder,
wie es die Dünenwehe aufwärts strebt;
aus Achselfluchten Wogen von Holunder,
schön, wie der Mond sich rundet,
Arsch sich hebt.

Dem Blick vorausgeschraubt vom Steiß zur Stele,
ein perspektivisch
sich verjüngendes
Gewicht –
Du hast so einen Zug zum Sinngedicht,
ein allgefälliges, nur jene, der ich fehle,
das bist du leider nicht.

Just step for step, Systole – Diastole,
ein Hüftschwung als Verheißung hingesterzt:
Das ist der Au! –,
der Augenblick der schmerzt,
entbehrungsweh im ewigen «Zumwohle!»
bis sich die Stiege wendet,
Aussicht schwärzt.

O Schönheit, aber nicht mit gleichem Glück geliebt.
Was sich dem einen auftut,
bleibt dem anderen *verspart*:
der saelden tor –
Komm, laß es gehn, wie der zerstreute Tag
bedenkenlos die Fackel übergibt
der Nacht, mit einem Mond sehr sonderbarer Art,
tief im Schador ...

Letzte Ausfahrt Ithaka

Für E.

I.

Nun laß mich nur mal eben überlegen,
weswegen
hatten wir überhaupt den Strom durchschwommen
mit mehr als Menschenmut?
Vielleicht, um in Utopia anzukommen,
wo graue Spatzen goldne Eier legen,
so weit – so gut.

Oder um auszuschaun von fernen Bergeshöhn,
nur um zu sehn,
was eben hier hieß, liegt jetzt dort.
Das hätt' man freilich schon zuhaus erkennen können,
auch das Verglühn ist schön,
nicht bloß das plötzliche Entbrennen,
und augenblicklich zieht's dich wieder fort,
a n B o r d !

II.

Es gibt Lieblingsteller, Lieblingstassen,
die sich schwer in goldne Worte fassen lassen,
Handgemaltes, Handgeschenktes,
und wenn ich
(was ich damit nicht beschwören wollte)
mal aus unsern Kreisen scheiden sollte,
daran hängt es!
Auch dem Glockenbecher *Denk an mich.*

Warum ich das sage? Weil ein klein
wenig sowas
möchte ich in deinen Augen sein:
Durch Gebrauch Verhaunes und Zerdelltes,
Kerbe hier und Scharte da,
doch gerad aus diesem Grund gefällt es,
und selbst mein
schwer von wilder See gewelltes
Sindbadsleben geht dir herzlich nah.

BENVENUTO – A –
Wer sagt's denn? Ithaka!

Stilleben – bei Anruf Mord!

Nur Mut, nur immer ran an diesen Mohn
– Aqua Color –
Der aufgerißne Schlund,
fast am Zerfallen schon,
ein Atemzug davor.

Drei Farben, bis zum Wahnsinn ausgereizt,
Orange im Verglühn,
wie es sich lilaschwarz
vor seiner eignen Frucht bekreuzt,
Paul-Veronese-Grün.

O so bezähme dich und wenigstens verweile
noch bis zum Fingerhut . . .
Wo sich das Jahr
in Liebe und in Eile
schneller als sonst vertut.

Ein Sicheröffnen, Sichverlieren,
das sich des angesagten Sturmes nicht versieht –
Ich, als des Augenblicks gesenktes Lid
laß das Enteilende gespannt Revue passieren,
entzückt, besorgt,
wer hier als nächstes Leine zieht.

Bangend um jedes Blatt, das ich beschreibe:
Besinnungsloser,
bis zum Anschlag aufgeflügelt, Mohn –
Im Durchzug der Saison wir beide ohne Bleibe,
allein, noch zwei drei Zeilen halt die Position!
Ausrufezeichen!
Ploing!
O unberatenes Habacht –
Schönheit – zu laut beschrien – und schon zu Fall gebracht.

III Schwache Aussicht auf Sonne

Schwache Aussicht auf Sonne

Ein versprungenes Ziel,
nur weil dir die Luft für den Anlauf fehlte.
Eigentlich schade.

Diese Sache ohne Geist und System,
wo du nun anstelle von durchmußt.
Nichts dran zu machen.

So ein Ding ohne Liebe,
dir zur ordnungsgemäßen Erledigung aufgetragen.
Aber da mußt du ran.

Letzte Aussicht der Himmel oben als eine kommißgraue Plane.
Flocke hoffnungshelle Schafswolle drin:
DIE SONNE –

So ein Körper zum Beispiel

So ein Körper z. B., seit 20 Jahren kein Kuß mehr,
von Reinstecken völlig zu schweigen,
wie soll er handeln?

Manche Dinge, natürlich,
muß man zur Kenntnis nehmen, ohne gleich auf
Mord und Totschlag zu verfallen.
Sittenstrolche – bis man sie stellt.

Ach, Bücher, dicke Bücher,
und vielleicht auch noch eine ganze Pappelallee
mit ins Unglück gezogen . . .
Die wirkliche Erde dampft und will ungefragt ihre Pollen abblasen.

Die einfachste Verbindungslinie zwischen dir
und einem gedachten Aussichtspunkt im Gelände
ist immer noch unausweichlich der Abgrund.
Da aber mußt du wohl
bei Hintanlassung deines ganzen dicken
Reisegepäcks
drüber weg! –

Ungemütlicher Tag

Paar verräterisch gelbe Blätter schon wieder
hoch oben im Baum,
ach, die Welt.

Und dann kommt auch allmählich die Zeit
dieser äh-John-Partridge-Jacken.

Nur der bleistiftgraue Plattenweg unermüdlich
dann – und dann – und dann –

Wenn da wenigstens irgend etwas über den Horizont,
ich meine, herausragen würde.
Eine spankistenblonde Sonne
oder eine Idee.

Statt wie ein Mistkäfer immer nur so weiter
seine Kugel vor sich herrollen müssen,
blindlings,
artgetrieben,
Ei ablegen –
Dann sein Lebenswerk praktisch hinter sich haben,
und wenn die Pointe schlüpft,
bist du persönlich leider gar nicht mehr mit von der Partie.

Ruhe, nur Ruhe, mein Herz.
Und noch ein klein wenig weiter so weiterfressen, ohne selbst
gefressen worden zu sein,
beinah mehr als ein bloßer Achtungserfolg.

Kleines Totentänzchen

Schade, die Kastanien schon dahin,
auch die Tulpenbäume,
auch der Flieder,
alle dreie kommen wieder,
fragt sich nur, ob ich zugegen bin.

Es ist ja dem Blühn nicht recht zu trauen.
Nach dem kilometerlangen Abendrot
und den jäh verfilzten Wolkenfellen
neigt der Mensch, sich vorzustellen,
kleine Katzen hören zu miauen
auf und kleine Hunde auf zu bellen
und sind tot.

Leider ist dies allgemeinverbindliche Verhuschen
– alles fällt der Ewigkeit zum Fraß –
mit Erkenntnis auch nicht zu vertuschen:
Wo der Abschied naht, wie soll da Lust sein?
Wahrheit – Wahnsinn – Vanitas.
Eisern kreist das Selbstbewußtsein
wie ein Geier
überm vorbestimmten Aas.

So besehn, fast für egal befunden,
ob du Staub vom Staube aus der Tenne wehst,
oder – etwa – buchgebunden
dermaleinst mit Goldschnittflügeln auferstehst –
Eine Megapackung Phanodorm
lindert wenigstens das weheste Verwesen.
In zehn Jahren hat sich's ohnehin
auf der Erde ausgelesen,
mit und ohne Schreibreform.
Und es fressen Büchermilben
erst den Sinn – und dann die Silben.

Postlagernd Qumran

Irgendwas wie das Ende der Gattung in den Knochen,
schwierig zu erklären.
Nichts so richtig zum Durchatmen mehr,
keine Liebe, kein Drive,
kein Stoff zum Sichdranfreuen.
Selbst die Natur nur noch so lala,
eine Efeuwand im Zugwind,
schwabbelnd, schlingernd, beinah bibbernd.

Was mich im letzten Jahr noch erwärmte, erhob,
ein Kehrblech voller Lichtblicke,
nun schon gar nicht mehr nachzuempfinden.
Allem voran der Gedanke an den Reim
mit einer so noch nie erschmeckten
Süßlichkeit behaftet –
Wie ich dem Feuilleton vom Tage entnehme,
teilen wir solche Abschiedsanwandlungen
allerdings bereits mit der Presse.
Nachtglocke!
Schwester!
MORITURI INTER SE SALUTANT.

Die Welt? Ein Lehrstück,
aus dem praktisch keiner mehr klug wird.
Wie auch mein eingeborenes Herz schon nur noch unfroh
dem nächsten Morgen entgegenfröstelt,
und es kommt Sonne auf,
die wieder nichts als einen leeren Tag verheißt.
Womit wir uns, Damen und Herren, der geschätzten
perspektivischen Betrachtungsweise
freilich rückhaltlos entledigt hätten.
Uns still ins Bettuch hüllen können.
Unsre letzte Volte schlagen.

Roulade drehen.
Allenfalls pro Windung noch ne Lage Senf dazwischen:
Weil wir nicht fruchteten.
Weil hier kein Auslug mehr war.
Weil wir zu unsrer Nichtsnutzigkeit
kein kalligraphisches Verhältnis mehr entwickeln konnten.
Postlagernd Qumran, 11. Höhle, 7. Seitenstollen,
Stein davor und für die nächsten zwei-dreitausend Jahre
erstmal Ruhe im Karton.

Fünffingerverse

Handtellergroßes Blatt,
der Welt in Liebe zugereicht,
unwissend, daß es statt
des Herzens
eher Steinernes erweicht.

Fünf Finger, waffenlos,
als Freundesgruß entboten,
gewiß, sehr rührend,
bloß
damit erweckst du keine Toten.

Nutzloses Ungebild,
das nichts betreibt und nichts bewirkt.
Niemandes Tränen stillt,
nur grad die eignen
vor der Welt verbirgt.

Es sei denn, sei denn,
daß du es, geballt zur Faust,
in dem entschei!-den!-
den Augenblick
der Zeit ins Rechenzentrum haust.

Ja dann! Dann absolut!
Dann hat sich's plötzlich rumgequatscht,
ruchlos
die Hand voll Blut
an eine Höhlenwand geklatscht.

Ästhetik des Schreckens

Regentropfen an der Wäscheleine:
Hochseilakt –
Mit dem Fingernagel
ohne Sinn fürs Ungemeine
lieblos abgezackt.

Spinnennetz,
radial geädert,
ein beziehungsweises Weltsystem –
Unwirsch mit dem Wischtuch weggeledert
so der Mensch – als Mitgeschöpf nicht gerade angenehm.

Wie der Mensch?
Zu was? – Wem zu entsprechen?
Einem freigelassnen Zwangssubjekt?
Dies herauszubringen, brauchst du nur
mit dem Bajonett in es hineinzustechen,
und du siehst, was von Natur an Scheiße in ihm steckt.

Bleibt als Highlight so beschaffner Mängel
allenfalls noch seine Himmelssignatur:
Der Atompilz,
ein Gehirn am Stengel,
dem Millennium eingebrannt als Kultfigur.

Schiff ahoi!

Stephan Opitz gewidmet

Also, das wär es dann wohl, der Mast zerspellt,
die Schot gebrochen,
als hätte die ganze Welt
sich gegen dich abgesprochen.

Nord – Süd – Ost – oder West,
was noch atmet, zehrt vom Geraubten.
Praktisch kein Krümel Brot, kein Tropfen Trinkwasser läßt
sich ohne Gewalt behaupten.

Deine Hoffnung steht gegen den Wind.
Deine Tränen nicht brennbar.
Unlautere Absichten sind
an einem Lächeln erkennbar.

Noch Lichter am Horizont?
Ah-sieh-an, die Vorüberzieher –
Hast du alles mal selbst gekonnt,
fünf, zehn Jahre früher.

Aber früher, da trug auch der Blinde den Hinkenden
und der Lahme führte den Blinden –
Schiff ahoi! heute klammern sich die Verdurstenden an die Ertrinkenden,
um gemeinsam zu Grunde zu finden.

Immer schneller rein in die Klamotten

Immer schneller rein in die Klamotten,
immer schneller raus aus den Klamotten,
selbst die Bodystockings momentan derart regenbogengeil
im Kommen,
daß du sie am Abend schon wieder vergessen kannst –
Aber kostet natürlich auch
und steht immer eisern gleich der Kampf ums Dasein
dahinter
in einer mitleidslosen Schärfe und Verve.

Ach wir – die wir – die was? –
ein Leben lang an uns gearbeitet haben
(leider an der falschen Stelle)
uns den Meistern anzunähern durch Tätigkeit –
Bis wir zur Kenntnis nehmen mußten,
Meisterschaft ist ein Irrweg
und die Beherrschung von Proportion und Perspektive
ein Entlassungsgrund –
Na, solange der californische Chianti
hier noch nicht aus Hongkong kommt . . . solange jadoch!

Bißchen Gebrutzeltes und bißchen Vino;
trinkt mir schon mal paar Gläschen voraus,
ich komm gleich
(spät gekommen heißt unter uns noch lange nicht
zurückgeblieben)
bis das alles abfällt schließlich,
Banderolen, Eilpost, Bitte-nicht-knicken-Kunst-Aufkleber,
und wir in Einigkeit verrückt
die gleichen Psalmen brummen:
Glücklich wer nichts von sich merkt.
Glück-glück-glücklich
wer gleich neben ALDI wohnt

Am glücklichsten
wer nie die Erdenkruste durchbrach
und die Menschendinge
nur vom Vorbeigluckern kennt

Für die Realisation dieser Verse
bedanken wir uns bei
LONG WOOD
STEUERRAD
CLARKE'S
OLD DUBLIN
CRAWFORD
ROBBY
GARCONI
MASTER
SKIPPER
GORCH FOCK

Seit Anbeginn – wohin?

Harmangia-Figur, männlich, gebrannter Ton, 21,3 cm

Unwiderruflich in sich selbst verfügt:
ein abgeschlagner Held.
Wie auf der Welt
von keinem anderen nochmal so hingekriegt.
Schon gar nicht dargestellt.

Die Arme auf die Knie,
darauf ein Kopf gestützt.
Schon gut, wenn du es spannst,
daß du, wie das so sitzt, mit Wörtern nie
erback-, erbilden kannst.

6000 Jahre in Balance
seines einzig hingewinkelten Gewichts.
Mit Dreiecksaugen drin.
Der Blick in Trance,
geradeaus ins Nichts.
Mithin seit Anbeginn: wer weiß, wohin?

IV Wenn – aber dann

Hoffnung von hinten

Wiedermal so ein Jahr den Styx hinunter,
beinah ohne Blutvergießen,
bravo!

Wo auch die Liebe schon in solche allgemeine,
nun, wie soll ich sagen,
Gutmütigkeit übergegangen ist.

Genug Wut zum Bergeversetzen war ja da.
Ich habe – hab schon immer –
bin – ich werde sein –
Eine große Geste, die du aber nicht durchhieltest,
weil du Lust zum Tanzen verspürtest.

Um zu beweisen, daß sie ein Leben lang
unrecht an dir gehandelt haben,
müßtest du sowieso erst einmal den Sargdeckel
rechtskräftig hinter dir zuschlagen.

Aber der Dorfdepp, der hier den Polizisten nachahmt,
das sind wir nie gewesen.

Frei-durchatmen-können-noch auf Grund von Renten
Staatsanleihen und Versicherungen
eine kleine Weile
immerhin . . .

Ohne Auftrag und Absicht in die schmirgelgraue
Stöckerlandschaft starren
mit dem ganzen Kanal voller Eisklumpen
und den Kränen bis zum Knie im Winterwasser –
titt titt – titt titt
eine Schönheit in Schwarz und Schwein jagt vorbei

titt titt – titt titt
Und? – Nichts – Oder doch:
eine Hoffnung von hinten mir sonnendurchschienenen Ohren
und rosa erleuchteter Fahrrinne . . .
Und du weißt, daß du jetzt endgültig
an die Dinge rangehen mußt
aber wohlgemerkt als ihr Liebhaber
und nicht als ihr Interpret.

Chanson

Wenn, aber dann,
in allem was ich tu,
ich etwas liebe,
halt ich darauf zu.

Eh wir in Bern-
stein oder Kalkstein eingeschlossen sind,
käm ich schon gern,
solang der Saft noch rinnt –

Ich bin auf Tour,
die Zeit wird merklich knapp,
Ich seil mich nur
noch oben eben ab.

I am your knight,
d. h. schon kurz vor auf den Knien.
Den Zahn der Zeit,
den werden wir ihr ziehn.

Kommt nur drauf an,
woran man wirklich glaubt:
Das Ding an sich?
Das Leben überhaupt?

Und dieses wird,
soweit die Dinge stehn,
ein bißchen anders aus
als in der Glotze sehn.

Aufsteigerlied

Eh hier der letzte Stoff verfliegt,
ein Säugetier muß saugen!
Die Welt hat wieder Farbe gekriegt
in meinen uralten Augen.

Noch gibt es für jeden verkommenen Durst
eine neue Wahrheit zu keltern.
Schon, wie du inzwischen durchs Herbstlaub schurrst,
auf Füßen, auf fortschreitend ältern.

Und wenn man im Frühjahr ernsthaft glaubt,
da gäb es nichts mehr zum Bedichten,
gleich schüttelt die Linde ihr volles Haupt
über deinem zunehmend lichten.

So lauert hinter jedem Verlust
in trügerischen Tiefen
ein Seufzer, dem du folgen mußt
mit Abschieds- gleich Fortsetzungsbriefen.

Was weiß denn schon der gemeine Verstand
der Menschen, wie sie so da sind,
von Sternen, die erst interessant
weil nicht mehr zum Greifen nah sind.

Die Welt als Wille und Selbstbetrug,
was läßt sie sich verschränken
vor jedem kühnen Atemzug?
Es braucht Courage, schief genug
direkt draufzu zu denken.

Auf weht der Flugzeugtreppenwind,
die Rollfeldlerche trällert
für uns, die Hauch vom Hauche sind:
runter den Hut, rein in den Spind,
und dann wird lospropellert!

Wie kommt's?

Wie kommt's? Auf einmal wieder frei die enge Brust,
der Kopf
nicht mehr so zugebolzt.
Daß du vor lauter Lebenslust
nicht weißt, in welchen Farbentopf
du greifen sollst.

Das ist die Welt, wie sie geschrieben steht,
sieh hin und lies!
Nicht daß dir erst im Grab ein Licht aufgeht,
daß wir nicht hoch genug
gehalten haben dies.

Philosophie der Angst?
Ein ziemlich leicht gedroschnes Stroh,
und bei Bedarf kein goldnes Korn zu fassen.
Furcht schärft das Auge nicht,
es denkt nur so
und muß sich von Lemuren narren lassen.

Nur manchmal lichtet sich so eine Art von Loch:
Das Seiende wird der Verborgenheit entrissen,
doch schon bei Zu-Ruf
zeigt es sich unnahbar.
Wir, rein formal, ein bißchen gängiger im Joch,
stehen nicht an, uns bis zum Beinhaus durchzuküssen,
und noch der Baumstumpf
bis zum letzten Blatt bejahbar.

Du fühlst dich morsch? Das teilst du mit dem Zunder.
Verbraucht? Erinner dich, wie du begannst.
Auch sieh dir Rilke an – ein Nervenwunder! –
was du mal so, mal so verstehen kannst.
Was im Gedicht die scharfen Stellen macht,
alles
von einem wunden Punkte aus gedacht.

Dies nur als Schlußwort so für alle Zeiten.
Für alle?
Nun, die fetten sind vorbei.
Was ferner sich ergibt in unsern schmalen Breiten
ist das Bewußtsein ewiger Wiederkäu.
Was bleibt? Wer weiß. Vielleicht ein allerletzter Pfiff:
den Saum der Welt noch etwas nachzuschrägen,
wenn ihr so wollt, Wollust mit Wellenschliff:
So kommt die Kunst – auf Zeit – der Ewigkeit entgegen.

Warnrede an einem unerfüllten Grabe

Ich sagte nie, der Mensch sei frei.
Doch geb er sich ungezwungen.
Das habe ich auf mindestens drei
Beerdigungen gesungen.

Er ist ein kleines Klümpchen Mist
postglacialen Geschiebes.
Mit allem, was so flüchtig ist,
geh sorgsam um und lieb es.

In meinem Unprophetenhaupt
hört es nicht auf zu predigen:
Wer nicht an ein besseres Drüben glaubt,
hat hüben noch viel zu erledigen.

Zum Greifen nah ein Hügelpaar,
auch Täler, sanft gemuldet –
Die Leere, die dein Leiden war,
war ernstlich selbstverschuldet.

Ich hörte dich hier und anderwärts
nur über Lasten klagen;
und eh du tot warst, hatte dein Herz
schon aufgehört zu schlagen.

Es starben die Bücher, die du schriebst,
trotz Bleisatz, Fadenheftung
und was du sonst an Aufwand triebst,
vorzeitig an Entkräftung.

Praktisch warst du dir nie genug.
Wir denken nicht so kleinlich.
Und halten guten Augentrug,
bei jedem tiefren Lungenzug
für immerhin wahrscheinlich.

Nietzsche zur Lehre

Niemals sage, das hätten wir.
Niemals, das wäre es.
Morgen morgen, na wetten wir,
möchtest du schon wieder mehreres.

Weil ja, das Nichts ist nicht neu.
Nicht einmal neu zu besingen.
Auch Nietzsches Schnauzer nur zwei
hangende Steinadlerschwingen.

Besser, bei derart geschichts-
trächtigen Supermannssachen
aus einem Fast an Nichts
nochmal was Schwebendes machen.

Gegen den Vierkantverstand
von etwa Friedhofspförtnern
über den Grabesrand
locker hinauszugärtnern.

Sagen zu der, die dir liegt,
bleib noch ein wenig so sitzen.
In deiner Nähe kriegt
das Gras gleich grünere Spitzen.

Gar, wenn im Herbst unterm Schuh
sterblich die Blätter zerknistern,
sich was Gemeinsames zu-,
auch etwas Mut zuzuflüstern.

Daß es verfliegt, ist nicht neu.
So bleibt auch dieses im Rennen.
Sternenstaub oder Spreu:
aber das soll uns nicht trennen.

Am grünen Hang entlang

Landschaftliches Lehrgedicht für M. R.-R. zum siebzigsten Geburtstag

Ach, grüner Hang so schön,
anhaltend langer schöner grüner Hang,
mit Margeriten im Gefolge, Geißblatt, Schafgarbe undsoweiter, Klee,
dient er, im Gegensatz zu uns,
einem sonst überhaupt nicht Darstellbaren.

Straßen, die keine gute Wendung nehmen,
kennen wir zur Genüge.
Woher des Wegs? Aus der Irre.
Wohin die Fahrt? In den Dreck.
Vorbei an Motocross, Autocrash, Burkhardt's Rollender Sommerdisco –
Ich nicht, ich will mich noch ein Stückchen
an der Böschung hochziehn,
Trauerweiden kitzeln meinen Augenrand.

Ins Nichts hinein schaffen können nur Göttinnen,
die keinen Begriff von sich haben;
wir müssen uns weiterhangeln:
langsam den Hang entlang,
den Augen nach,
den Blicken – bis sie innehalten – wo? –
DA! eine Blume scharf wie ein Brandy, Gott wie heißt sie?
Wenn sich wie unterm Einfluß von Sonne plötzlich
dein gesamtes Gesicht zum Lachen verzieht . . .

Und jetzt gehen wir doch noch über in einen Bereich,
wo die Kultur ihr Recht verloren hat
und keine Kritik mehr zuständig ist.

Noch einmal Einmal noch

Noch einmal Blätterwirbel, roter, gelber, güldner,
der Beter löst die Hände zum Applaus:
Verehrter Herbst, erhabner Maskenbildner,
einmal noch über das Vorhandene hinaus.

Als hieße Abschied nochmal Neubeginnen
(Die Wendung geht mir nach und steht mir nah)
Dem Lebewohl paar letzte Farben abgewinnen,
die man noch nie so sah.

Laub löst sich leis, wie still die Lärche nadelt,
von Osten her nimmt Abend überhand –
Da, schau, ein blondes Blatt kommt angeradelt,
gefährlich auf dem Rand.

Gib deinem Affen Zucker, Tukan Pfeffer,
pfeif jedem bunten Vogel, dem du gleichst –
Mehr hast du nie gewollt,
die Welt als Zufallstreffer,
Hauptsache, daß du ihm nicht aus der Flugbahn weichst.

Was dir zuteil wird, widerfährt nicht allen.
Wie auch nicht jedem schmeckt, was dir beliebt:
Ich bin ein Mann, der sich ergibt,
und täglich neu bereit, in Täuschung zu verfallen:
ein Blatt vom Lebensbaum,
halb falb, halb golddurchsiebt.

Megalomanischer Tag

Fort den Müll versiebter Siege.
Frag dich, was sich Neues tut.
Was ich noch zusammenkriege:
a) wieviel und b) wie gut.

Nachts Erträumtes, tags Erschwitztes,
scheinbar nichts aus einem Stück.
Doch mit einem Mal da sitzt es:
Faß mich an und mach dein Glück!

Faß, solang Fortuna segnet,
und genieße dich als Gast.
Hat der Stoff sich abgeregnet,
ist auch der Kairos verpaßt.

Fehlt zur glücklichen Verbindung
irgendwie noch was an Speed?
Doch ich glaube,
daß die Schraube
Windung
Windung
Windung
Windung
letztlich
von
alleine
zieht –

Was sich mir gestern . . .

Was sich mir gestern abend einfach so malte,
rotsponbesonnt:
wenn es mir morgen vor Augen träte,
und siehe, es strahlte,
makellos und gekonnt!

Was ich zur Mitternacht durch mein Haarnetz siebte,
Sternenschnuppen und mehr –
Wenn es mich seinerseits ansäh,
als ob es mich liebte.
Wenn es wirklich was wär!

Wenn, was mir beiläufig leichtest
so in den Sinn geriet
und über die Lippe lief . . .
Meine nur, wenn es auf einmal spräche:
Erreichtest!
Unwiederholbar.
Bloß nicht dran rühren.
Superlativ.

Spelunkenkunde

Wort für unterwegs: die Welt ist endlich,
immer eingedenk der eignen kurzen Tour.
Auch von 70 Jahren praktisch nur
ein begrenztes Stück verwendlich.
A b e r, L i e b e r,
wenn dir was gefällt, dann äußer
das auch lauthals, lebhaft und verliebt:
aufgebaut so hoch dort droben!
und nicht wie ein Tannenzapfenscheißer,
der beim Loben
noch beweisen muß, daß er sich was vergibt.

Nichts ist letzten Endes schöner als
was dir schmeckt
in den Himmel der Erkenntnis zu erheben.
Unvergeßlich Leibl über Hals:
«Einen Größern hat es nie gegeben!»
Also werden wir uns doch nicht lumpen lassen
und den uns ergebnen Mädeln
was wir lieben, was wir hassen,
was wir noch im Bruch als Nenner fassen
ahnungsvoll verintellektuedeln;
ganz besonders was im Imperfekt
Wunderbares steckt.

Ach, Verirrtester, in Platons Höhle,
selberernannter Grottenlurch,
mit dem vorgestellten
Unterschied von Schein und Seele
blickst du nicht mal mehr dem Schein nach durch.
Aber nun: die Tage von Lascaux!
Andre Zeiten – andre Welten,
und wir fühlen zweifellos wie selten,

was sich innen abmalt,
ist auch so.

Schließlich ich und du, und da will alles hin:
abends, ein verschwiegenes Albergo,
und ich frage, Schwesterchen, a tergo,
bildet das nicht Vordergrund mit Hintersinn?
Ach, sprichst du, bei so Berufsversuchern
geht die Wahrheit noch wie auf'm Dorf,
alles zoomorph,
und wer will, der darf mit seinen Pfunden wuchern,
oder bist du blind?
Ich: im Gegenteil, am Himmel, schau,
kommt im Augenblick noch Mond hinzugeschienen,
mandarinenrot im dunklen Levis-Blau,
und im übrigen, wir dienen
denen, die uns zugefallen sind.

Carl Michael Bellman

Fredmans Epistel Nr. 27, seine letzten Gedanken beinhaltend

Spute dich, Alter, dein Uhrwerk läuft ab.
Mußt du schon paarmal öfter aufziehen –
Leider, so ist es, die Feder macht schlapp,
Zeiger scheint trotzdem schneller zu fliehen.
Nah ist das Grab, doch die Flasche nicht fern,
Movitz, mich dürstet nach Sonne und Stern –
– – – Und nach paar Jazzelegien –

Schoß sinkt und Busen zu ewiger Ruh,
Was meine Mutter war, untergegraben –
Vater, was rufst du den Würmern noch zu:
Sie wissen wohl nicht, wen Sie vor sich haben?!
Movitz, ein Lied, wenn die Lippe auch zuckt,
Prost auf das Grab, eh der Staub uns verschluckt –
– – – Auch die Zypressen tobaben.

Flackernder Schatten, das Auge schon stier,
nur die Flasche noch staatsch auf den Füßen –
Kuck mal, die Zunge, wie Lackmuspapier,
rot und gedunsen, Freund Bellman läßt grüßen.
Freia und Bacchus auf schwankendem Thron,
wie sie verwackeln zu einer Person –
– – – Laßt uns dreieinig verfließen . . .

(Nach einer Interlinearversion von Stephan Opitz frei aus dem Schwedischen)

Früher, als wir die großen Ströme noch

Früher, als wir die großen Ströme noch mit eigenen Armen teilten,
Ob, Lena, Jennissei, Missouri,
Mississipi, Elbe, Oste,
und mit Gesang den Hang raufzogen
und mit Gesang auch wieder herab,
immer den Augen hinterher und Hyperions leuchtenden Töchtern,
des Tages Anbruchs Röte
und des Mondes Aufzugs Beginn –
Heute: drei Telefongespräche und der Tag ist gelaufen.

Ja, man steht noch in Korrespondenz, das wohl . . .
Paar Gedankenstriche zu einer Ästhetik des Flickworts,
eine Hoffnung.
Etwas Zuspruch aus zahnlosen Mäulern,
ein Gewinn.
Dies nervöse Verflackern der fleißigen alten Kerle
kurz vorm Abschiednehmen,
ohne daß nochmal jemand richtig Reisig nachwirft –
Aber es ist immerhin nicht das erste Mal, daß du seufzt
und hoffentlich nicht das letzte,
irgendsoeine blindgeborene Mickymaus wird sich schon noch finden,
die deine Anlagen würdigt.

Wenn man bedenkt, wie vielen trotzigen kleinen
Tante-Emma-Läden
du bis zum letzten Hirsekorn die Treue gehalten hast,
und sind ausnahmslos untergegangen . . .
Und dann kommt ja auch bald der Moment,
daß du selbst die Regale räumen mußt,
nur weil von hinten unentwegt die neue Ware nachdrückt:
Vom Dreck ergriffen steht die Menge da.
Nicht zur Hilfe eilen die Mitmenschen,
sondern zu niederen Schauzwecken.

Du aber sitzest angestrengt auf deinem Scherbenhügel,
einen abgerißnen Fluch im Hals –

Alles Quack, wer der Welt zu tief ins Auge gesehn hat,
um noch an ihr leiden zu wollen,
wird den Mangel an Service hier nicht so persönlich nehmen.
Lieber als daß ich einiger abgesoffener Salatblätter wegen
gleich nach dem Chef des Hauses verlang,
laß ich mir doch das restliche Abendlicht auf der Netzhaut zergehn.
Ein paar dampfende Dachpfannen nach dem Regen.
Eine nasse Hecke, hingestreckt über tausend Meter,
eine viertel Stunde lang.
Ja, und am Ende sehnst du dich dann nach den Tagen,
die du jetzt so lieblos verabschiedest.

V Schreiber, was siehst du?

Gesicht

Die Hände vorm Gesicht: ich sehe, sehe:
Den Blitz, und wenn es wummert, bin ich hin.
Ein! schläge! – zwei – drei – vier –
schon ziemlich in der Nähe,
bis – rumms! – ich auch schon war
was ich noch gerade eben bin.

Überraschendes Wiedersehen

N a a a, S i e! wandeln ja immer noch rum
wie ein Farbprospekt für die ewige Jugend!
In Ihnen hatten die Ärzte doch seinerzeit
das Besteck liegenlassen
und anschließend irrtümlich zugenäht –
Haben Sie auch wieder recht,
die beste Witwe ist kein Ersatz für ein lustiges Leben.

Wo wir schon mal so unbefangen über letzte Dinge reden:
diese Bavaria im Fernsehen gestern,
die die Dürrekatastrophe von Äthiopien ansagte,
wie fanden Sie die?
A l l m ä c h t i g e T e l e t i t t e n
aufgeboten gegen die hohlen Arschbacken des Todes . . .
Man kann ja die Augen nicht unentwegt
vor den eigenen Gedanken niederschlagen;
lieber nochmal richtig reinbeißen in die Welt
als die Frage der Überbevölkerung auf dem Spendenweg zu lösen.

Wer noch ein Ziel vor den Augen hat,
ist natürlich fein raus.
Damals – wie wir – als wir noch jung und unbelehrbar waren:
e i n e n K o m m u n i s m u s,
der mit möglichst wenig Blut auskommt
und die pausenlos investierten Mühen planmäßig wieder einspielt –
Der Kampf hat Ihnen kein Glück gebracht
und die Welt nicht gebessert.
Immer schwieriger mit der Zeit,
hier noch eine glaubwürdige Faust zu ballen.

Einreden auf den Menschen
mit zauberischer Stimme, daß er was werde, wie Brecht,
ja, wer dazu die Macht und die Meinung hätte!

Ich meine, da kannst du auch ebensogut
auf die Hühner einprügeln, daß sie Eier mit goldenen Schalen legen –
Därrrrr Männnnsch,
gebildeter als der Ochse,
mordseliger als das Wiesel,
zählebiger als das Ren,
wolln wir lieber ganz still sein, wenn er, Zitat:
«wie die Lausitzer Sorben seine Erfüllung im Volkstanz findet».

Gedanken wie Granatsplitter! ssssssssssst sssssssssssst!
Sssssssssst sssssssssssssst!
Der Heilsplan der Welt ist unter die Waffenhändler gefallen;
die nichts gelernt haben,
sind zu allem fähig.

Sssssssssst sssssssssssst!
Sssssssssst ssssssssssst!
An ihre Stinger-Raketen klammern sich die Gescheiterten;
für den Religiösverrückten
ist die Schnellfeuergarbe das schönste Gebet.

Sssssssssssssssst sssssssssssssssst
Sssssssssssssst ssssssssssssst!
Ich seh was ich seh und das sag ich dann auch:
70 Millionen neue Erdenbürger im Jahr,
150 in der Minute;
das ist mit Hunger allein doch gar nicht gemacht,
da müssen erst noch ein paar menschenverneinende
Religionen
hinzukommen.

Ja, wenn sie sich doch nicht unentwegt ihr bißchen Lebenszeit
verkürzen würden,
todbringende Sterbliche;
statt in Eintracht den Boden zu bestellen,
von dem sie gemeinsam genommen sind,
und am Abend befriedet in den Schlaf eintauchten
und am Morgen geläutert wieder daraus hervor . . .
Aber dann sitzen da überall noch solche aufgeregten
Hoffnungsträger rum
(prall wie die Boviste)
mit einem völlig abartigen Glauben
und einer Bewaffnung wie aus dem Frühjahrskatalog
  von Heckler und Koch,
was soll denn der einfache Mann dazu sagen
in seiner wirklichen Angst?!

Sssssssssssssst sssssssssssssssst! Sssssssssssssst sssssssssssst!
Reflexionen bis zum Kreischen der Rückkopplung.

Ssssssssssssst ssssssssssssssst! Ssssssssssssst sssssssssst!
Solch einen Ruck, sich von sich aus herauszudenken,
gibt es doch überhaupt nicht;
und die wenigen, die du kennst,
haben leider gar keine Macht.

Und dabei haben wir im Grunde einmal nichts
als der Erde unsern ungeteilten Segen mit auf den Weg geben wollen,
so ein Hoch auf die Luft, die man riecht,
und ein Prost auf das Licht, das man sieht,
praktisch ein Riesenamen
über die gesamte kakelbunte Welt gesprochen.

Einen Tag wie diesen beispielsweise,
kurz vorm Untergehen,
und du sagst, wenn jetzt nochmal ein bißchen Sonne durchkäm
auf deine alten Tage,
wär schon gut.

Weil doch das langsame Wegblättern
ausnahmslos uns alle betrifft
und das große Dahinfahren auch;
und solch ein Mund will einfach noch ein paarmal
ungezwungen auflachen
bevor er sich endgültig schließt.

Gestreckte Augenblicke – ziemlich unscharf schon –
noch etwas in die Länge ziehen.

Sein Ich in die Fläche treiben, millimeterweise,
bis deine inneren Stimmen
mit einem öffentlichen Unterhaltungsauftrag zusammenfallen.

Aber nur jetzt nicht vorsichtig werden
wie ein Pfriemelaugust,
wie ein Perfektionist.
Wie ein Cholesterinwertneurotiker,
der sich vielleicht das Rauchen abgewöhnt und dafür seine besten
Antriebskräfte einbüßt.
Die Verkennung der Welt als behütende Werkstätte,
das ist es doch wohl,
was zu den meisten Betriebsunfällen führt.

Und – Freund! auf den Himmel rechne mal nicht zu früh.
Sonst bist du nämlich bald oben.

Schreiber, was siehst du?

Schreiber, was hast du gesehen?
Ich sehe, sah:
zwei für unumstößlich gehaltene Reiche
sah ich zu Grunde gehen,
eins steht noch da.

Zweimal habe ich mich zu meinen Gunsten geirrt.
Was Dreck war,
deckt wieder der Rasen.
Aber auch dieses Unwiderlegliche wird
taub aus der Hülse geblasen.

Freiheit, Brüderlichkeit, das Streben nach Glück:
Ich sah, was über dem Tor stand.
Schreiber, was siehst du?
Ich sehe, schon stäubt es als Asche zurück,
was als Verheißung bevorstand.

Vom Polypenarm der Geschichte ungerührt
ins Licht gewinkt
(Was verschafft euch die Ehre?)
sehe ich euch auf die Zinnen der Welt geführt,
n u n s p r i n g t
in die übervölkerte Leere . . .

Das Gelobte Land? Ein erleuchtetes Abflußloch.
Viel Grund, sich drin zu verlaufen.
Fruchtbar sein und euch mehren,
das wolltet ihr doch,
nun seid ihr zuviel auf dem Haufen.

Ja, und immer hübsch ran an den Rand.
Und ruhig mal rauf auf die Zehen.
Schreiber, was siehst du?
Ich sehe, ihr nehmt überhand.
Und man hat sich euch übergesehen.

Zu wem soll ich heute sprechen?
Der Verbrecher ist ein Vertrauensmann.
Der Bruder, mit dem man lebte, ist zum Feind geworden.

(Aus den «Liedern des Lebensmüden», ägyptisch, 2200 Jahre vor)

Die verworfene Tontafel spricht

ICH, die frisch Ergrabene,
tief Verletzte,
kaum noch zu datieren, weil mir mit der Fassung
auch die großen zeitanzeigenden Namen entfielen
– ostrakon! ostrakon! –
Aber meine Zerstreutheit spricht Bände,
und die bedeutendsten Gelehrten der Welt
liefern sich über meinen Resten ein wettbewerbliches Kopfzerbrechen.

Zerschlagen, zertreten, zermalmt,
das war meine Wahrheit, ist sie,
nehmt sie zur Kenntnis.
Wie viele selbstgerechte Starobelisken
hatte ich nicht wie Griffel entzweibrechen sehen.
Grabkammern geflutet.
Stelen geschleift.
Kilometerlange Friese von Helden und Heldeshelden
zu Staub zermahlen:
der zeugte jenen und jener diesen,
Geschlechterreihen zum Gähnen,
irgendwer war immer irgendjemandes Sohn –
Ich nicht,
ich hatte dem ehernen Gang der Geschichte
seit Anbeginn jede Kompetenz abgesprochen,
und die Verzeichner von Austilgern von Mordbrennern
waren mir ein Geschmeiß.

Ich für mich und daneben keinsgleichen.

Eine abgeschiedene Schreibstubenseele
am Rande der großen Töpferscheibe,
ein paar zweifelhaft zu lesender Gleichlaute wegen
aus der Gilde der Hofkalligraphen verstoßen,
dann displaced person praktisch,
ein verrufener Rufer.

Ach, diese ganzen Steuerauflister und Gerstenkornzähler
eines leergeblasenen Zeitalters.

Dies nicht endenwollende Leichengewäsch unter einem
Zeit meines Daseins schon von niemandem mehr
für wahr genommenen Himmel.
Vorne werden noch gerade die Totenkammern versiegelt,
Opfergaben verbrannt,
während sich von hinten her
bereits die Grabräuber ihren eigenen Durchschlupf erschleichen:
ewig – und ex!
und zwischen Sonnenauf- und Sonnenuntergang
keine *Lehre zum Leben* mehr,
die noch halbwegs bejahbar war.

Ja, *die Kunst der schönen Rede* . . .
Aber dem Einzelwesen war kalt,
und es bedeckte seine Blöße mit
. . . .

Ja, das Drommetengedröhn der . . . . .
und das . . . . . gekaufter Zeichendeuter.
Aber dem nach . . . . Dürstenden
bedeutet der Untergang der Großen Reiche nichts,
im Gegenteil, er begrüßt ihn.

Ja, ich hatte mich abgekehrt, von den meinen, die
. . . .
. . . .
. . . .
. . . . Hand an mich zu legen,
und dann doch die Finger davon gelassen,
weil ich wissen wollte,
ob ich noch hoffen durfte oder schon
. . . . .

Mit der Zeit alles ziemlich weit weg
und dem . . . . . . entflogen,
weil auch mein Gedächtnis
nur von Scherben –
zu Scherbenrand reicht –
Getrost! . . . . . Bruchstücke
haken sich fest.
Stoßkanten
reißen die Hand auf.
Abschläge . . . ritzen . . .
Und was man sich meinerzeit mal als Splitter einzog,
wird noch manchem . . . . tröstlich zu Herzen gehen.

Einheitslied zum Fertigsingen

Melodie: «Ich will euch singen und will nicht lügen»

Ich will euch erzählen und will auch nicht lügen:
Ich sah mal zwei Verliebte sich kriegen,
die Deutschen und die Deutschen.
Sie hatten nur eines nicht richtig bedacht,
die Fehlleistungen, die Freudschen,
Heidideldumdei.

Denn als ein Jahr vergangen war,
da schlug bereits das Posthistoire
für ihre historische Neuheit –
weil ohne die nötige Gleichheit zerfällt
die Einheit in Freiheit zur Zweiheit.
Zweidideldumzwei.

Zweidideldumzwei, die Zwietracht wächst,
wir brauchen einen verbindenden Text
für Sieger und Verlierer.
Sonst heißt es statt «Wir sind ein Volk»
bald «Volk und Reich und Führer».
Scheidideldumschei!

Scheidideldumschei, die Gülle steigt,
schon zeigt sich das Ausland ungeneigt:
«Scheischdeitschland, bebe merda!»
Wer hat bloß das Ding da in Rostock vergeigt?
In Mölln und Hoyerswerda?!
Weidideldumwei!

O deutsche Brüder, o deutsche Schwestern
wir werfen uns solchen Dämonen von gestern
entgegen als Patrioten.
Und was wir einst an den Nazis versäumt,
das machen wir wett an den Roten.
Heidemagogei.

Heidemagogei, aus links macht rechts,
schlagt den Faschismus im Werk Bert Brechts
(Noch Widerspruch? – Na, bitte!)
Zwei Fronten haben schon immer gestört,
wir kneifen zusammen was zusammengehört:
die nationale Mitte.
Heildideldumdeil!

. . . .

Und was soll ich euch sagen ohne zu lügen?
Ich sah ein Volk sich selbst besiegen:
∪ –́ wie bare Münze.
∪ –́ / ∪ –́ / ∪ Unterpfand
im «Wunder»-, «Wende»- und «Wahnsinns»-Land:
Das walte Pastor Hintze!

Kleine Weltwirtschaftslehre
oder: es reimt sich

Für Günter Grass, den Gedankenfreund, zum 70.

Manche sagen, rechts und links,
das sind abgestandne drinks,
na, dann prost!

So zu schreiben ohne Not
ist ein leichtverdientes Brot,
noch 'n Toast!

Wissen zwar, das Kapital
herrscht bereits global fatal,
aber pssst!

Daß es, flüchtig wie ein Reh
nicht vor Schreck nach Übersee
uns entsssst.

Freiheit ist ein feiler Schatz,
bietet manchem Freier Platz,
nur nicht dem,

der vermerkt, als Sozialist,
daß sie Arbeitsplätze frißt
mit System.

Mit System, heißt mit Verstand,
auch als Ratio weltbekannt,
die macht Sinn.

Weil, entgegen mancher Narrheit,
bleibt unteilbar wie die Wahrheit:
der Gewinn.

Ei, ei, ei, das Eigentum
wurde zwar verpflichtet zum –?
sag den Rest!

Wo selbst der Verfassungstext,
wenn ein Grundproblem erwächst,
uns verläßt.

Wirtschaft, Banken, Automat
haben sich den Staat privat
schon so weit gekrallt,

daß bei freiem Weltverkehr,
Steuerflucht, Betriebstransfer
absolut kein Halt.

Nur für die sozialen Lappen
darf noch Vater Staat berappen,
was heißt Staat?

Wir und unsre Kinder sind's,
die mit Zins und Zinseszins
Stehen bis ins nächste, ins – na, parat!

Stehn parat und starrn verwundert
in das kommende Jahrhundert,
was wird sein?

Renten und Versicherungen,
Krankenkassen ausgewrungen,
Schulung, Bildung leergesungen,
Himmel, nein!

Himmel doch! Es sei, ihr rührtet
euch noch einmal und marschiertet
massenhaft und intoniertet
gegens asozial Globale
eure Internationale
nochmal neu!

Alles leeres Stroh und nasses Heu.

Weil ihr werdet lieber in die Messer-
läden
laufen
und ihr werdet wie die Menschenfresser,
jeder gegen jeden
dicke Knacker kaufen
und per Volksentscheid befinden, daß bei Schuß-
waffen ausnahmsweise mal kein Ladenschluß.

Und die Mütter und die Väter
unsres Grundgesetzes werden aus dem Äther
niederschaun auf Was-sie-so-nicht-recht-gesehn:
daß nach Nazis und dergleichen Elementen
nochmal völlig andre kommen könnten,
die die Welt auf ihre Art verjeun.

Ja, ihr seid zu viel, d. h. seid über.
Was rein logisch heißt, ihr stecktet lieber
noch ein Stück zurück.
Weil schon bei halbierten Löhnen
lassen Arbeit sich und Kapital versöhnen
und den monetären Urgewalten
gegenüber sich ein Standort halten:
Abgemacht! Viel Glück!

Ergo: blickt mal etwas über euren
Austernrand in Klecken und Kaufbeuren
weg – ins Weite – in die große Dritte Welt:
wo der Kaktus blüht, die Palmen rauschen,
überall gibt es was Schlaues zu erlauschen,
wenn z. B. Kündigungs- und Arbeitsschutz entfällt,
strahlt der Wohlfahrtshimmel augenblicklich wieder blau.
Und es denkt kein Mensch daran, in magern
Jahren Arbeitsplätze einfach auszulagern:
Solches merkt euch: überhaupt und als Knowhow!

Soziale Säuberung

nebst Bitte um geistigen Beistand

Na, du alter schiefgebügelter Hosenstall,
nochmal rauf auf den Sinai richtig,
nochmal neu die Tafeln nachschneiden?
Was steht denn positiv drauf auf deiner Schreibunterlage?

Jeden Morgen, den der gute alte Herrgottsschnitzer
werden läßt, mit der «WAZ» und der «taz»
und der «FAZ» auf den Markt,
und dann gleich wie aus der Spritzpistole geschossen:
DIE WAHRHEIT – ?
Nichts, nichts, da müssen erst noch
ein paar paradigmatische Schicksalsschläge zusammenkommen,
um dich zu belehren,
das schöne Wetter erstmal raus aus der Welt,
die Wolken sich gegen dich zusammenballen . . .
Geeerrretttet! ruft die noch gerade an ihren Drehkippstuhl
geklammerte Teilzeitkraft;
aber sie ruft es natürlich nicht lange.

Einen festen Punkt im Gelände? – Ja! – Aber wo? – Dann sag mal.
Während du noch gesträubten Blicks
in die Metzgerauslage vom Tage starrst und erschauerst,
Pristina – Racak – Pec – Podujevo – Djakovica
(Bilder, die einen Goya oder Grosz das Fürchten lehren könnten)
wird auch dein eigener unmaßgeblicher Laden
bereits durchgekämmt, saniert, sozial gesäubert . . .
Hallo Wirtschaft, Flasche Amselfelder
für einen umständehalber etwas eingeschränkten
Bon-Pasteur-Liebhaber;
ohne geistigen Beistand
werden ihm die Vorzüge unserer westlichen Wertegemeinschaft
kaum noch einzutrichtern sein.

Lyrik, als ob hier nichts los wär,
so weit sind wir gekommen.
Als ob nicht jedes Wort neu aus dem Dreck gezogen,
jedes Bild dreimal umgedreht,
jeder Blick geprüft gehörte,
wo selbst *Menschliche Schutzschilde*
noch als Vorwände herhalten müssen,
deine Weherufe über das Walten der Schutzmacht
zum Schweigen zu bringen.

Nein, ich erkenne in den eigenen Leuten
allmählich die meinen nicht mehr,
und die Partnership-for-Peace-Panegyriker
sind mir ein Greuel.

Diese Ruhmredner des Verrats,
jede Umkippnummer noch eine Pressemitteilung wert.

Schausteller der eigenen Schande,
die mit Treuebrüchen
wie mit Wertpapieren handeln.

Couponschneider des Systems,
jederzeit bereit, die eigene Großmutter zu verkaufen,
vorausgesetzt, sie verkaufte sich nicht schon selber.

Nacht, Nacht, und du allein mit dir
auf deinem Scherbenhügel.
Alle Tafeln zerschlagen.
Pakte gebrochen.
Eide verletzt.
Aber tief aus verballertem Busen
den Qualster
hochholen
nochmal nachräuspern

durchladen
Ziel nehmen
und dann gegen die ganze
quotensammelnde
Shareholdergesellschaft
abrotzen – – –
DAS SCHAFFT LUFT!

Irgendwie auf die alten Tage

Irgendwie auf die alten Tage
nochmal etwas machen
was nicht so!fort auf Anhieb gefällt.

Obwohl eigentlich schon die bloße Bejahrung genügt,
um dem öffentlichen Mobbing anheimzufallen:
Alte Kerle, geile Böcke!
Graziegleichfalls, Madame, und wünsche Ihrem Fräulein Tochter
noch recht viele lehrreiche Vergewaltigungen.

Finden normalerweise ja auch
unter Ausschluß unserer Senioren-Bildungskreise statt.

Bißchen gaga vielleicht gar nicht so schlecht,
aber nicht, wie du jetzt gleich denkst,
einfach dada nochmal verkehrtrum
nebst sich beinah von selber nahelegender
Vortragsreise für daad.

Dann schon lieber zu unseren guten alten
Bauernkriegswaffen gegriffen und das offenbar Unbesingbare
mit dem Topfdeckel ausgeklappert:
Ende Schulterschluß Schutzmacht.
Raus aus der NATO.
Und zum Teufel mit Lockheed Martin,
Ratheon, Boing, Northrop Grumman und United Technologies.
Das sind doch alles menschenverachtende Kapital-Verbrecher,
die sofort unters Richtschwert gehörten.

Wieso, kann man nicht sagen?
Unterm Schutz des m. E. immer noch in Kraft befindlichen
Kunstparagraphen geht das schon.

Manchmal denke ich allerdings auch,
man sollte lieber versonnen
auf die letzten paar uns noch gerade eben
ergebenen Mitmenschen zugehn.

Vielleicht sogar mit so einem gewissen
Hoffnungsstreif um die bewölkte Stirne:
ein guter Gruß pflanzt sich fort;
ein freundlicher Blick auf ungeliebte Einzelteile
geht zu Herzen.

Ein grau verhangenes Gesicht,
das unter Zuspruch augenblicks wie eine Blume aufgeht.

Schnell hinwerfen etwas nochmal,
was unter Umständen schließlich doch sogar auf Anhieb gefällt:
Eine Handvoll Blüten – Zweige –
Das japanische Stengelwerk der Kastanien:
Haikus mit Pfiff.

Impulsgelenkt – nicht terminbestimmt.

Und was sich nicht preisen läßt,
das laß, verdammtnochmal, liegen.

VI Capriccios – Bagatellen

Abschiede, leicht gemacht

Denen, die vor Gier nach Ewigkeit entbrennen,
geb ich mich geniert
als sterblich zu erkennen.

Lieber als verhaunen Bällen nachzusinnen,
zieh ich vor,
nochmal von vorne zu beginnen.

Allerdings, statt bieder vor mich hinzuwerkeln,
scheint mir lustiger,
freischaffend loszuferkeln.

Dies als Kunstgesetz gesamt gesehen:
Ein Gedicht, das auf sich hält,
das läßt sich gehen.

Und je tiefer ich empfinde, um so seichter
schmiere ich mich aus,
dann fällt der Abschied leichter.

In Steinbergs Manier

I.

Ein unbeschriebnes Blatt Papier,
bleich wie die Hoffnung:
DIN A 4.

Speziell für Dich, Durchlaucht / Durchlurcht,
vorausgesetzt,
daß es sich furcht.

Mit Strichen, weniger als Nichts.
Zeichen der Zukunft?
Des Verzichts?

Des Seidenwurms
Naturgespinste?
Diskret verdreht, die Kunst der Künste . . .

II.

Auf der Suche nach dem einen Strich,
den es garantiert
nicht gäbe ohne dich.

Einem blindlings aufgeschlagnen Augenpaar,
zwei Olivenschliffe,
unverwechselbar.

Einer Nasenschwinge, sanft gewellt,
so wie hier bei dir
noch niemals dargestellt.

Unten drunter Klacks und nochmals Klacks:
zwei nicht ganz egale
Tropfen Siegellacks.

Wartend auf den Petschaft eines Munds:
Kuß! die Sache sitzt
und bleibt unteilbar zwischen uns.

III.

Dies, mein kleines Heiligtum,
fürn Moment
und fast posthum.

Ei!gentlich
d. h. ab ovo,
ist die Welt nur halbwegs nuovo.

Manche von den alten Kernen
muß man bloß
erst knacken lernen.

Sekundär, nach meinem Urteil,
ist zunächst mal
der Kulturteil.

Wohingegen manche Sprengsel,
Dir zum Rätsel,
mir zum Denksel,

Lippen- oder Fingerprints,
halb erküßte
Reime sinds,
die als Augenblickserfindung

zeigen, wie die Welt sich fügt.
Und beweisen, daß die Lösung in der Bindung
liegt.

Unberufen die Verwesung,
wo die Bindung in der Lösung
alle weiteren Gedanken überwiegt.

Mit halber Kraft voraus!

Korngold, Britten, Richard Strauss
alle dachten sich was aus,
so Prokofjeff und Ravel
höchst grandios und sehr speziell
für den ein-
für den ein-
armigen Paul Wittgenstein.

Frage, wie kommst du davon,
flügellahmes Triptychon,
das du diesen Erdball längst
nur noch virtuell umfängst?
Marsch, ad rem!
Zum Grand Slam:
P
WC
2000 m

Landstück als Lehrstück

Maulfaul zieht der Bauer seine Strophen,
steif zu Boden blickend,
Subventionsparzelle im E-U-Bereich,
Krähen folgen pickend,
Speisephilosophen,
munter, erdnah, geistvoll im Vergleich.

Also als Erlebnisphilologen
sind wir durch die Wörterwelt gezogen,
ein nur flüchtig aufgeschloßnes Interim –
Wissenschaft und Lehre hochsophistisch
ihre Netze spannend, wir hingegen eisern im-, im-, im-
pressionistisch
auf den lichten Augenblick gespickt.
Klick! und den dann für die Nachwelt aufgepickt.

Frühlingsverfeelings

Tschuk tschuk – crescendo – Intervall,
erst 16 Uhr?
Das ist die Nachmittagstigall
auf Liebestour.

Der Starmatz unterm Giebeleck
pfeift unentwegt «zivil! zivil!»,
doch drüben aus dem Laubversteck,
da folgt nicht viel.

So seufzt in Liebe, singt im Mai
allerhand Volk an sich vorbei,
vielstimmig à la mode:
Unschuld verzehrt sich nach dem Troll,
ein Spektrum folgt entsagungsvoll
dem Scannercode.

Geplatzter Fototermin

Ich sprach zum pars pro toto:
Du kommst schön scharf im Foto.

Total, darauf das Pars,
du sprichst mir aus dem Ars.

Der ist dir nämlich mitten
aus dem Gesicht geschnitten.

Die Nasenwurzelfalte,
genau wie ich mich spalte.

Das Kinn mit inbegriffen,
nur beides zu verkniffen.

Und was an mir erfreulich ist,
ist, was an dir abscheulich ist.

Glückauf, vielleicht beim nächsten Mal.
Du bist mir nämlich arschegal.

Dreisprung – 3 × vertreten

Alles, was was ist,
schmeiß ich auf den Mist.

Alles, was was war,
spül ich ins Pissoir.

Nur was gar nichts werden kann,
fang ich gleich noch heute an.

Reimfibel

Liebe Kinder, hört mal zu.
Hier sind A – E – I – O – U
(rückwärts U – O – I – E – A):
Eine Lautharmonika:
RACK – RECK – RICK – ROCK – RUCK

Reck, Rock, Ruck sind sonnenklar.
Rack und Rick klingt sonderbar.
Hängt ihr noch zwei Lettern dran,
hört sich's wieder anders an:
RACKEN – RECKEN – RICKEN – ROCKEN – RUCKEN

Nach den Ricken blickt der Bock.
Recken tragen selten Rock.
Rocker rackern nicht am Reck.
Mein Verlag druckt jeden Dreck:
DRACK – DRECK – DRICK – DROCK – DRUCK
(Seht ihr!)

Kinder, ist das noch zu fassen,
wie sich Wörter wenden lassen,
wenn man nur am Alphabet
etwas dreht?!
KACKEN – KECKEN – KICKEN – KOCKEN – KUCKEN
(Dreht ihr?)

Die Vokale, dreht sie, lauscht,
wie sich flugs der Sinn vertauscht.
Gleiches gilt für Konsonanten;
nur der Wechsel schafft Mutanten:
GUCKT – JUCKT – RUCKT – SCHLUCKT – SPUCKT

Könnt ihr wricken? Kennt ihr Wrucken?
Scheut euch nicht, mal nachzugucken.
Andre Länder – andre Wörter,
marsch, an eure Bücherbörter!
JACKEN – JECKEN – JICKEN – JOCKEN – JUCKEN

Oder sind wir selbst schon Jecken,
die mit bunten Bällen kicken,
um bei Leuten anzuecken,
(sie zu schocken,
sie zu necken,
sie in den April zu schicken)
die sich, ohne aufzublicken,
unentwegt vor Zwecken ducken –
MACKEN – MECKEN – MICKEN – MOCKEN – MUCKEN

Horst Janssen im Himmel zu Gehör

Bei dir vor der Haustür beginnts.
Nichts dran zu ändern.
Klar sagen alle bei uns
zuerst mal «Provinz!»
Aber am Ende redet erfahrungsgemäß nicht nur Kunz,
sondern total aus dem Häuschen auch Hinz:
von den ALTEN NIEDERLÄNDERN. –

Frommer Wunsch

Wünsch mir im Himmel einen Platz
(auch wenn die Balken brächen)
bei Bellman, Benn und Ringelnatz
und wünschte, daß sie einen Satz
in einem Atem sprächen:
nimm Platz!

Duocentenarperformance Intercity «Heinrich Heine»

Heh, Herr Ober!
Eigentlich bin ich ein großer Lober.
Aber Ihre hier total verpißten Nieren
sind zu reklamieren;
weshalb ich Sie bitten möchte, schnur!-
stracks an Ihren Herrn Toilettenwart retour.

Fragen? Keine. Außer allerdings Regreß!
Und zwar *unterthenigst, willig und erbötig*
(Siehe Luther an den Churfürsten Johann)
und nicht wie Sie hier in Ihrem Poesie-Express
sich herauszunehmen sich nicht schämen:
Wer hier absteigt, hat es nötig,
und er wird noch weitres auf sich nehmen –
Ja, er wird, er kann,
respektive seine strafunmündige Begleitperson
macht das schon.

Weil, sie wird, so will es ihr Begleiter,
und sie ist sein liebes Medium,
ihren Beitrag zu den Düsseldorfer Jubelfeiern
(Schaun Sie nicht so dumm!
Lieber haun Sie ab und noch viel weiter)
mittels Fingertrick in Ihren Quick-Pick-Speisewagen reihern
(Großer Kunst-Event für Jud und Christ)
A c h t u n g , K l e i n e s !
Du verstehst, was deines Amtes ist:
w a l t e s e i n e s !

Betr. Rundfrage Grundfrage

Die Frage nach dem Sinn
kennt keine Ruh –
Wohl weiß ich, daß ich bin,
doch nicht, wozu.

Trotzdem behaupte ich,
die Welt alleine,
ich meine, ohne mich,
das wär noch keine.

Selbst meine Tante
wär nicht meine Tante.
Die Jahre die Ihr kennt
die große Unbekannte.

Was ich im Sprung erhascht,
im Hasch ersprungen,
wär nur so weggeascht
und nicht zum Licht gedrungen.

Wen überragte
das von eigener Hand Gepflanzte?
Die um die ihre einst Gefragte
und mit jungem Fuß Ertanzte?

Auch dies ein Wahn,
weil: wer betriebe meine Praxis?
Wer wär der Milchmann
in der – nein! – nicht meinen Reimgalaxis?!

Ich denk, das sind doch Fragen,
die sich wirklich stellen,
jenseits der vagen
ultraintellektuellen.

Weil oben unterm Dach
und nicht an meinem Tisch
säße – geht hin, schaut nach! –
ein Irr- und Anderwisch.

Ja, selbst der dieses liest, der Rezensent,
blickte statt in ein Buch
ins relative Nichts
(Warum so trübe und woran gebrächs denn?
An mir – wem sonst – den ausnahmsweise keiner kennt)
und rein geschäftlich griffe er zum nächsten,
dicker an Umfang
und geringeren Gewichts.